百家村的這一家

拯救田園大行動

故事概念：菜姨姨
繪　　圖：Chocolate Rain
文字處理：小西瓜
責任編輯：劉慧燕、黃稔茵
美術設計：張思婷
出　　版：新雅文化事業有限公司
　　　　　香港英皇道499號北角工業大廈18樓
　　　　　電話：(852) 2138 7998
　　　　　傳真：(852) 2597 4003
　　　　　網址：http://www.sunya.com.hk
　　　　　電郵：marketing@sunya.com.hk
發　　行：香港聯合書刊物流有限公司
　　　　　香港荃灣德士古道220-248號荃灣工業中心16樓
　　　　　電話：(852) 2150 2100
　　　　　傳真：(852) 2407 3062
　　　　　電郵：info@suplogistics.com.hk
印　　刷：中華商務彩色印刷有限公司
　　　　　香港新界大埔汀麗路36號
版　　次：二〇二二年六月初版

ISBN: 978-962-08-8061-2
© 2022 Sun Ya Publications (HK) Ltd.
18/F, North Point Industrial Building, 499 King's Road, Hong Kong
Published in Hong Kong, China
Printed in China

百家村的這一家

拯救田園大行動

故事概念 菜姨姨

繪　　圖 Chocolate Rain

新雅文化事業有限公司
www.sunya.com.hk

　　菜姨姨是香港第一代故事媽媽，熟悉兒童的心理和成長需要。過去逾二十年，菜姨姨擔當閱讀推手，走遍小學及幼稚園，運用不同的圖畫書開啟孩子的閱讀世界，打開親子共讀的大門。近年，她更愛上創作，作品都以輕鬆幽默的手法，為小讀者傳遞樂觀和正面訊息。她的最新創作——《百家村的這一家》系列共二冊，分別是《菇寶寶美好的一天》和《拯救田園大行動》，令人期待！我很榮幸能優先閱讀她的新作，並撰寫序言。

　　本系列圖畫書的亮點是邀得香港著名的設計師Chocolate Rain繪畫插圖！她以充滿幻想的創造力，獨特的風格，為故事角色：小菜菜、菠菜哥哥、法天娜、小廚和一眾蔬菜、動物村民朋友注入靈魂和生命，塑造出活潑鮮明的形象。同時，讓菜姨姨的故事活靈活現地展現在讀者眼前。

　　兩位創作人，分別以她們的鋼筆和畫筆為我們說故事……

　　故事以愛閱讀的小菜菜為其中一個主角，通過敍述她與朋友們的生活趣事，向兒童傳達熱愛閱讀、勤做運動、健康飲食、注重健康、減廢為寶等重要訊息。故事內容有趣、圖文並茂、製作精美。為了鼓勵小讀者實踐健康的生活模式，兩位創作者巧妙地通過文字和圖畫的配搭，提供實用的實踐建議。

　　兩冊作品以圖畫與文字互相補足，發展出獨特的藝術形式，令人耳目一新；讓讀者用眼睛看圖畫、耳朵聽故事，進入書中新奇妙趣的幻想世界。本系列作品的內容淺白，易於理解，十分適合兒童閱讀、親子共讀、說故事活動，或老師用作閱讀教學。本人誠意向各位推薦。

羅嘉怡

香港大學教育學院助理院長（知識交流）
教師教育及學習領導學部助理教授
雙學士學位課程總監

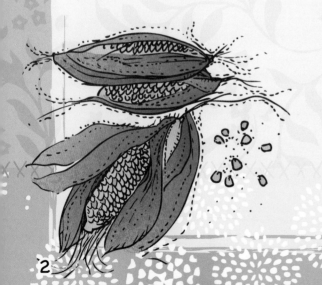

《獨家村的奇異宇宙》

兩位志同道合的創作人一起共創,感覺應該是:真的很興奮!弄得我也有點技癢……

話說《百家村的這一家》流入了《獨家村》這絕對禁止夢想與創作的多元宇宙,可以想像,它隨即爆紅全宇宙,所有孩子的創意都受到激發。《獨家村》的守衛當然十分緊張,馬上進行清理行動想把繪本全部銷毀。就在這時,《百家村》裏的人物忽然幻化成不同的超級英雄,從書中跳出,與守衛們大戰三百回合。菠菜哥哥化身Green齋人(Giant),向守衛發射好味、有創意的健康素食,頓時令他們感動、改觀……

好了,還是到此為止,希望她們下次找我一起創作續集。哈哈!

會創作就是快樂

麥雅端是我中學小師妹,雖當年無緣認識,但近年相遇後,卻成了無所不談的朋友。大家都是從事創意創新的工作,骨子裏其實都有一點「獨家村」的性格,沉醉於自己創作的奇異宇宙中。或許「創作」的快樂亦都把我們從「獨家村」裏拉出來,重新加入「百家村」的社會。認識Prudence的朋友相信都會被她開朗爽直的性格所吸引,但我更欣賞她沒有因為被認同而拖着腳步,一直勇往直前地利用「創作」認識世界、探索自己。

創作需要留白,需要空間,我們都成長於別人不會有太高期望的屋邨學校,這樣反而給予我們個別發展的自由、一張任由塗鴉的潔白畫紙。藉此向啟蒙我們的校長和老師致敬,他們演示了教育最寶貴的價值。

會夢想就是幸福

生活在紛亂世界的父母,應如何讓孩子同時認識夢想與現實?「現實」給予生活的質感,而「夢想」創造生命的滿足。兩者兼備?談何容易。「說故事」可能就是一個跟孩子一起探索夢想與現實的好方法。姪兒剛滿三歲,吃飯時永遠嚷着:「講個故事吧!」然後爸媽就要天南地北、東拉西扯地馬上編織一個。偶爾見他獨處時,就總會跟布偶、玩具編故事,內容涵蓋生活瑣事、天馬行空的情節。

今天,社會已經太會教曉我們「現實」了,或許在孩子還是留白的階段,多點給他們講故事、種下「夢想」的因子吧!可能有一天他要獨自面對自己殘酷的現實時,這些夢想可以幻化成希望、正能量、幸福感,繼續守護他們。或最少,他們會回家,靠在你身旁,然後說:「講個故事吧!」

魏華星

香港社會創投基金創辦人

創作者心聲——菜姨姨

　　六年前到意大利波隆那童書展，竟遇上我最愛的香港本土設計師Chocolate Rain。嘩！不得了！當刻內心湧現他鄉遇故知的驚喜心情，難以言喻。短短數天，我們朝夕相對，十分投契，有講不完的話題，當中談論最多的就是如何讓世界變得更美麗。最後，我們決心要為孩子做點事。

　　兩個愛創作的人走在一起，靈感有如泉湧，而為孩子營造健康生活的環境是我們創作的重點。Chocolate Rain的拼布作品深入民心，要如何結合具拼布特色的繪畫和有趣的故事，帶出減廢為寶、愛護環境的訊息呢？怎樣透過共讀培養孩子喜愛閱讀的習慣，從閱讀中成長？於是，在《百家村的這一家》系列中，主角法天娜就請來愛說書的小菜菜推廣閱讀，還有菠菜哥哥及小廚，同心協力推廣健康生活模式。

　　為孩子選擇圖書是大人的責任，我覺得一本好書不只在於圖文並茂，還要具備互動元素。本系列除了有吸引的圖畫外，還帶出把故事延伸到實踐的重要概念。這是怎樣展現出來呢？答案就在書中！

　　以本系列的《菇寶寶美好的一天》為例，讀到小菜菜為菇寶寶講故事時，你有沒有留意手執一書講故事的魔力遠比玩平板電腦更吸引？再看深明運動對身心有益的菠菜哥哥如何帶領村民一起鬆肩拉筋，強身健體；小廚如何化繁為簡烹製健康食品，盡顯星級大廚的功力；還有法天娜如何把廚餘化腐朽為神奇，變成有用的環保清潔劑，你就會知道他們是百家村的最佳拍檔，陪伴讀者們一起實踐健康生活模式。

　　要實踐環保生活，不能單打獨鬥，而是要羣策羣力。本系列的另一冊《拯救田園大行動》的故事，除了融入關懷、節制、承擔、尊重、勇氣和保持信念的訊息之外，還培育孩子學會團結就是力量的精神。

　　《百家村的這一家》系列不只是兒童讀物，而是給大、小朋友共讀的藝術作品。來！一起打開書本，讓繽紛多彩的圖畫進入心靈，感受愉悅的氣氛，讓故事連繫彼此，擁抱真愛。

菜姨姨

小菜菜

愛閱讀，性格開朗陽光，愛笑愛發夢，是百家村的閱讀大使，積極舉辦「小菜讀書會」推廣閱讀風氣，透過故事宣揚健康、環保訊息。

法天娜

愛畫畫，關注環保，是百家村的村長。常常透過圖畫宣揚環保訊息，擅長轉廢為寶，相信只要付出小小的行動，就能使環境更加美好。

菠菜哥哥

愛運動，樂於助人，是百家村的運動教練。自創一套「強身健體操」，鼓勵大家參與運動，發揚體育精神。

小廚

營養專家，注重健康，相信「食物是良藥」，是百家村的星級大廚。他呼籲大家要重視飲食健康，讓生命更有活力。

小廚剛剛收到消息：「很多村民打算離開百家村找新的家園。」

菠菜哥哥回應說：「這是因為受極端天氣影響，菜田的環境越來越糟糕了。」

小菜菜也發現很多蔬菜寶寶生病了！
法天娜作為百家村的村長當然很着急，必須想想辦法才行。

他們在菜田邊遇到了生病的玉米寶寶們。
「請幫幫我們吧。土壤裏的養料流失了，土質也變硬了，還總是有小蟲子咬我們。」玉米寶寶們向法天娜求救。

「環境問題不是一個人可以解決的，不過百家村的問題，村民們都可以出一分力。」法天娜想到個好主意。

「大家願意幫忙嗎？」小廚問。

「只要我們真誠地向村民們說明情況，並請求幫助，大家一定會伸出援手的。」小菜菜很有信心。

菠菜哥哥已經等不及了，他邊走邊說：「那我們趕快出發吧！」

小廚留下來照顧玉米寶寶，幫他們處理傷口。

包紮完畢，小廚提議給玉米寶寶們煮點東西吃。
「食物是良藥。」小廚笑着說。

有吃的！

我喜歡！

　　法天娜來到了蚯蚓姐姐家，可蚯蚓姐姐正要離開百家村去找新的家園。

　　「請留下來幫幫我們吧。」法天娜說。

　　「我能做什麼呢？我不過是一條毫不起眼的蚯蚓呀。」蚯蚓姐姐搖搖頭。

「不要小看自己，蚯蚓家族對菜田的作用可大了。」法天娜說。
「可我們只會挖洞呀？」蚯蚓姐姐彎了彎身子，很是疑惑。

法天娜耐心地解釋道：「你們在田地裏挖土，其實是在疏通土壤，讓植物的根部能更好地吸收養分，對植物的生長大有好處。」

「那我試試吧！」蚯蚓姐姐改變了主意。

17

她們來到菜田，蚯蚓姐姐立刻鑽入土中不見了。

19

另一邊，菠菜哥哥正在趕路，
他要去找一位英勇的村民和他一起
對抗蚜蟲大軍。

菠菜哥哥來到七星瓢蟲的家。
「有人在家嗎？」菠菜哥哥敲了敲門。
沒有人回答，可門卻開着。

菠菜哥哥輕輕推開門走進去，發現七星瓢蟲正在牀上呼呼大睡。
「醒醒，快醒醒呀！」菠菜哥哥喊道。
「呼哈──」七星瓢蟲伸了個懶腰，睜開眼睛。「找我有什麼事嗎？」
「我想請你和我一起趕走菜田裏的蚜蟲，保護蔬菜寶寶們。」
「嗯……蚜蟲確實很可惡，我也不喜歡他們。」七星瓢蟲願意幫忙。

他們回到菜田，西蘭花正被蚜蟲攻擊。
「誰來幫幫我們？」
　　菠菜哥哥擋在了他們前面。七星瓢蟲張開翅膀，威風地向蚜蟲衝去。

看我的！

哎呀！

原本神氣的蚜蟲大軍一見到七星瓢蟲，嚇得掉頭就跑。

別怕！

得救了的西蘭花們開心得手舞足蹈，大家都鬆了一口氣。

這時，小菜菜帶來了朋友蜣螂。

「我們也可以來幫忙，菜田最需要我們了。」蜣螂們躍躍欲試。

小菜菜說：「蜣螂擅長將好便便滾成糞球，給菜田補充養分。蔬菜們最喜歡好便便，它們是天然的肥料，能讓土壤變得肥沃，使植物茁壯成長。」

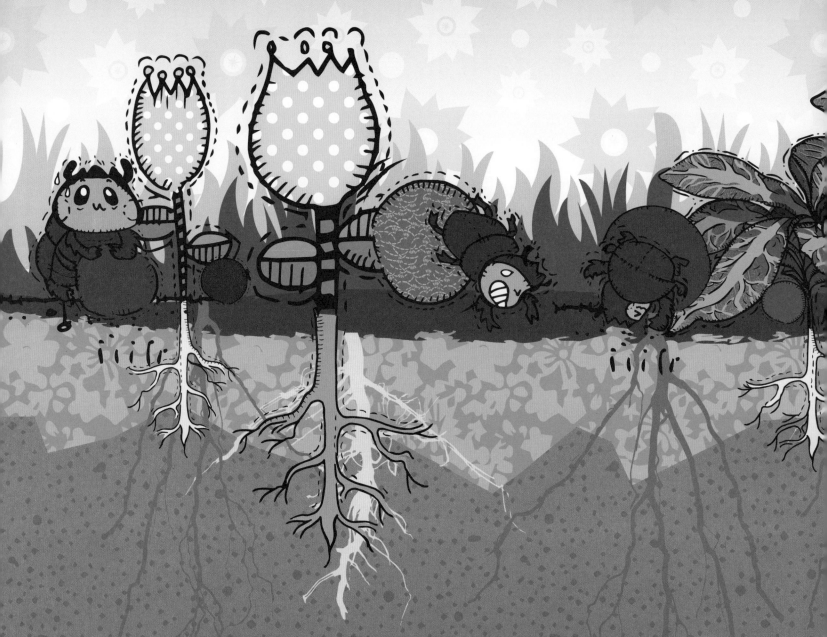

蜣螂們接二連三地跳進菜田裏，不一會兒蔬菜們身邊
就出現了大大小小的糞球。

「大家辛苦了，吃點東西休息一下吧！」
小廚和玉米寶寶們端來了營養菜餚，西蘭花們搬來了長桌。
小廚說：「無論什麼時候，遇到什麼困難，食物都會給我們力量。」

慢慢地，幫忙的村民越來越多了。
法天娜見到大家紛紛伸出援手，臉上露出了笑容，
開心地說：「百家村真是一個溫暖的大家庭啊！」

蚯蚓姐姐說：「我不想離開百家村了。」
七星瓢蟲說：「我要繼續為百家村的環境出力。」
螳螂說：「百家村需要我。」
每個人都說：「百家村會越來越好！」

小廚教你做菜的時間來了！小朋友，想知道書中小廚為村民們烹煮了什麼菜餚嗎？快來看看下面的食譜，跟着小廚一起製作吧！

芝士香草蕃茄意粉

需時：15 分鐘
分量：2 人

預備食材：

- 意粉　　　2 人分量
- 蕃茄　　　2 個
- 芝士粉　　適量（建議用香濃的巴馬臣芝士）
- 香草　　　適量（建議用羅勒）
- 香草醬　　3 湯匙
- 忌廉　　　50 毫升
- 橄欖油　　適量
- 鹽　　　　適量

先在鍋中煮熱水，
加入少許鹽，
把意粉放進熱水煮熟。

意粉煮熟後隔水備用。

切好蕃茄和香草。

加入橄欖油炒熟蕃茄，
隨後加入意粉和少許意粉水。

加入香草醬和忌廉攪拌。

把意粉上碟，
在意粉表面灑上香草
和芝士粉，即成！

故事概念：菜姨姨

原名蔡淑玲（Joyce Choi），鍾情繪本，熱愛閱讀，相信人生百味書中尋；相信優質的兒童圖書能守護赤子心；相信親子共讀是父母給孩子最好的生命禮物，因而大力推動親子閱讀廿多年，足跡遍及港澳兩地。更積極組織故事義工，主持爸媽讀書會，堅持終生學習，推廣學習型家庭，希望我們的世界會變得更美麗。

著作包括：繪本《菜園愛書》、《菜園繪本系列》（共五冊）；親子教養書籍《菜姨姨的書櫃──送給爸媽和孩子的禮物》、《不說道理，只說故事──菜姨姨親子共讀60招》和《親親孩子說故事 讀出關鍵品格》。

菜姨姨讀書會Facebook專頁：
http://www.facebook.com/readingchoiee

繪圖：Chocolate Rain

香港本地創作品牌 Chocolate Rain 由麥雅端 (Prudence Mak) 創辦。Prudence 於2008年獲香港青年設計才俊大獎獎學金，到倫敦中央聖馬丁設計學院修讀碩士課程；2010年入選香港十大傑出設計師；2012年榮列香港十大傑出青年；2017年榮獲Good Seed Award，成立社創企劃──香港的童話；同年，其合著作品《Chocolate Rain & Denice Wai 手繪親子食譜》獲頒香港出版雙年獎。

Chocolate Rain的世界住着一個布娃娃，名叫Fatina Dreams（法天娜）。她幻想自己擁有生命，可以利用想像力和神奇DIY，令地球變得更美好。法天娜喜愛循環再造，把舊有的事物變為新奇的創作。

下載親子食譜

熱愛烹飪的小廚精心設計了四款適合春、夏、秋、冬品嘗的美食。掃瞄二維碼（QR code），一起跟着食譜享受親子下廚樂吧！